KB119529

좋은 사람에게만 좋은 사람이면 돼

좋은 사람에게만 좋은 사람이면 돼

김재식 지음

지금은 나를 돌보는 시간,

내 마음대로 행복해지기

위즈덤하우스

차례

3장.

사랑은
그 사람을
배우는 거야

4장.

지금은
나를
돌보는 시간

내 주변의 많은 것들은 모두 내가 좋을 때 좋은 것이다. 나누어 줄 게 많으면 많을수록, 얻을 게 많으면 많을수록 그만큼 주변에 사람들이 모인다.

어릴 적 가난했던 집이 반짝 잘살게 됐을 때가 있었다. 항상 집에 손님이 끊이질 않았고 언제나 사람들로 북적였다. 그래서인지 모르지만 나도 사람들과 어울리는 것을 좋아하고, 많은 것을 나누고 함께 시간 보내는 것을 즐기게 되었다.

그런데 갑자기 집이 어려워지자 거짓말처럼 모두가 외면하며 등을 돌렸다. 좋을 때는 좋았지만 그 모든 것들이 바람처럼 흔적도 없이 사라졌다. 그때 그 일이 사람과 관계에 대해 다시 생각하는 계기가 되었다.

사람들이 하는 달콤한 말에 귀 기울이지 않고, 누군가에게 좋은 사람으로 보이려고 애쓰는 것보다 언제나 나를 잃지 말고, 나에게 집중하며 나만의 가치를 지니고 있어야 한다고 생각하게 됐다.

어렵게 손을 맞잡았다가도 한쪽에서 손을 놓아버리면 쉽게 끝나는 게 사람과 사람 사이의 관계다. 어려운 만큼 가볍고, 소중한 만큼 아무것도 아닌 게 되기도 한다.

　그러니 누군가를 곁에 두려 붙잡지 말고 내게 좋은 사람에게만 좋은 사람이면 된다.

　무엇보다 먼저 나 스스로에게 좋은 사람이 돼야 한다는 사실을 잊지 말자.

김재식

1장

모두에게

좋은 사람일 순 없어

외로움은 함께할 때
더 자주 와

외로움은
혼자 있을 때 오는 게 아니라
함께 있을 때 더 자주 온다.

외롭다는 건
혼자라는 뜻이 아니라
무언가 채워지지 않은
공허한 마음의 갈증 같은 것이다.

그래서 외로울 때는
사람에 기대려 하기보다
나를 위한 것들을 찾는다.

좋아하는 음식을 먹거나
예쁜 옷을 입고

16

기분이 좋아지는 곳에 간다.

그렇게 나에게 집중하며
나와 함께 시간을 보낸다.

손절을 잘해야
다음을 기약할 수 있어

살면서 느끼는 것은
어떤 것을 포기하지 않고
미련 떠는 것보다
손절을 얼마나 잘하느냐가
더 중요하다는 거다.

미련을 떨면
내가 계속 쥐고 붙들고 있는 것 같지만
소유하기 위해 힘을 쏟게 된다.
노력해서 되는 것과
아닌 걸 알면서 쥐고 있는 것은
너무나 다른 문제다.

실패는 괜찮지만
주저앉으면 일어나기 어렵다.

가지는 것보다 더 중요한 것은
잃지 않는 것이다.

일도 사람도 사랑도 때를 알고
손절을 잘해야 다음을 기약할 수 있다.

좋은 사람에게만
좋은 사람이면 돼

사람들이 나에 대해 하는 말에
너무 귀 기울이지 마.
어떤 사람은 나를 동그라미로 보고
누구는 네모로 본들 신경 쓰지 마.
굳이 나서서 그 사람이 원하는 모습을 보이려고
노력할 이유가 없어.

나를 어떻게 보든 난 나일 뿐이고
모든 사람에게 완벽하게 좋은 사람일 수 없어.
사람의 관계는 언제나 상대적일 뿐이야.
나를 좋아하는 사람에게만
좋은 사람이면 돼.

너무 많이 주려고
하지 마

그 사람이 감당할 수 없을 만큼
기뻐하는 상상을 하면서
나중에 큰 행복을
한 번에 안겨주려 노력하지 마.
그럴수록 마음을 아끼게 되잖아.

건강한 관계를 위해서
조금씩 생각날 때마다
사소하더라도 부족하지 않게
자주 표현해주는 게 더 좋아.

관계의
신호등

함께하는 시간 속에
순간순간 신호가 있다.
빨간불이 들어오기 전에
노란불로 주의를 주듯이
사람 사이 관계에서도
종종 곳곳에서 노란불이 켜진다.

멈추지 않고 그냥 지나치는 이유는
감당할 수 있다고 생각하기 때문이다.
하지만 그게 빨간불이라면
반드시 멈추는 게 좋다.

아니 더 정확하게는
수많은 경고들로 빨간불이 들어오기 전에
먼저 멈추어 서서 바라볼 필요가 있다.

빨간불에서 멈출 것인지
파란 신호를 보낼 것인지 말이다.

항상 사고는 무심코 지나치는
노란 경고등에서 일어나기 마련이다.
사랑에 대한 무모한 자신감.
또는 사랑에 대한 안전 불감증 같은 것.

밀당이
필요한 이유

사람과 사람 사이에는
적당한 거리가 있어야 한다.
그 거리는 마음의 멀고 가까움이기보다는
내가 숨 쉴 수 있고
움직일 수 있는 공간을 말한다.

누군가에게는 그 거리가
가까울 수도 있고 멀 수도 있지만
항상 똑같은 거리는 아니다.

늘어났다가 줄었다가 유동적이기는 하지만
서로가 부딪히지 않기 위한
안전거리일 수도 있다.

너무 가까움으로 인해

내가 대처할 수 있는 시간이 짧다면
충돌할 수밖에 없다.
부딪히지 않고 살 수는 없지만
부딪히지 않기 위해 노력하며 살아야 한다.

그래서 사람과 사람 사이에는
적당한 거리가 필요하다.

내 옆에
두고 싶은 사람

나쁜 에너지를 내뿜는 사람들을 끊어내라.
많은 사람을 곁에 두려 하지 말고
긍정적인 사람들을 곁에 두려 노력하라.

슬픔을 나눌 때
관계는 더 깊어져

누군가에게 좋은 선물이란
내가 가지고 싶은 게 아니라
그 사람에게 필요한 것을 주는 것이다.

내게 좋은 사람이란
모두에게 친절한 사람이 아니라
위로가 필요한 순간에 곁을 지키며
함께 시간을 보내는 사람이다.

행복한 순간보다
슬픔을 함께해주는 사람이
더 고맙다.

그러니 누군가 아파하고 있다면
무심히 지나치지 말고

당신의 소중한 시간을 함께 보내라.

어쩌면 그 사람은 평생에 잊지 못할
선물을 받았다고 생각할지 모른다.
그 사람의 기억 속에
당신이란 선물을 오래도록 간직할지 모른다.

노력은
같이하는 거야

당신을 자주 아프게 하는 관계가 있다면
혼자 애써서 풀려고 노력하지 않아도 괜찮다.
사람의 관계란 실과 달라서
내가 아무리 노력해도 한쪽에서 아무 생각이 없다면
더 엉켜버리는 경우가 있다.

그 사람에게 당신이 필요 없다면
당신에게도 그 사람은 의미가 없는 것이다.
당장은 관계가 끊어져 아플 수는 있어도
끊어내야 할 관계를 억지로 붙들어 상처를 덧입혀
치유할 수 없는 흔적을 남길 필요가 없다.

영원히 괜찮은 척 웃으며 살려 하기보다
당신의 다친 마음을 더 소중히 보듬어주기를.

계속해서 잘할 자신이 없으면

처음부터 잘해주는 척하지 마.

관계의 키를
쥐는 방법

손해 보지 않기 위해
받은 만큼만 주겠다고 다짐하지만
옹졸해진 만큼 덜 주게 된다.
받은 만큼만 주겠다는 건
더 주는 것보다 쉽지 않다.

때린 사람보다 맞은 사람이
더 편하게 잔다는 말이 있듯
게임에서도 무조건 많이 따려는 사람보다
때론 잃기도 하는 사람이
먼저 가볍게 자리에서 일어날 수 있다.

아쉬운 건 앉아 있는 사람이다.
많이 받은 사람보다
많이 준 사람의 마음이

더 가벼울 수밖에 없다.

그러니 바보처럼
손해 보지 않으려고
상처받지 않으려고
계산하지 말고
받은 것보다 더 주면
그 관계의 키는 내가 쥐게 된다.

이어가는 것도
떠나가는 것도
내가 결정할 수 있다.

진짜는
남는다

좋아하던 것을
좋아하지 않게 되는 때도 있어.
그게 변한 게 아닌데 말이지.
사람의 마음은 간사해서
순간순간 마음이 변해.

그러니 너무 마음을 쏟았다고 해서
내 마음대로 안 된다고 해서
슬퍼하거나 절망할 필요가 없다는 말이야.

정말 좋은 건 그대로 남을 것이고
아닌 건 또 그렇게 아니게 돼.
그러니 너무 집착하며
애쓰지 않아도 돼.

안 맞는 게 아니라
잘 모르는 거야

잘 안 맞는 것 같다고만 생각했는데
사실은 제대로 모르고 있었다.
제대로 알지 못하면서
다 아는 척 결론짓는 건
무례하다는 생각이 들었다.

그래서일까?
그는 좀처럼 웃음을 보여주지 않았다.
어쩌면 있는 그대로의 모습을 보여주고 있는데도
내가 보고 싶은 대로 보느라
그런 생각이 드는 것이다.

제대로 알지 못하면서
이럴 것이다, 결론 내리는 건
어리석은 일이다.

그러니 미리 판단하지 말고
있는 그대로의 모습을 찬찬히 바라보자.

함부로
말하지 말기

결혼하지 마라,
참 쉽게들 이야기한다.
함께해서 행복한 사람도 많다.
어떻게 내 인생이 모두와
똑같을 거라 생각하나.

여러 문제로 다투기도 하지만
그렇게 서로에게 의지하며 살아간다.

내가 실패했다고
남도 실패할 거라
함부로 말하지 마라.

내 옆에서만큼은

당신의 시간이 편안했으면 좋겠는데…

관계가
무너지는 순간

하늘에서 내리는
눈의 무게는 얼마나 될까?
하얗게 눈이 쌓인 나뭇가지에
작은 눈 하나가 내려앉은 순간
무너지고 말았다.

우리의 관계도
그렇게 작고 가벼운 감정들이 쌓이다 보면
어느 순간에 감당할 수 없어
무너지기 마련이다.

사소한 것들을 무시하며 보낸 순간들이 모여
모두에게 뾰족한 상처를 남긴다.

꼭 같이
아파야 하나

나는 이렇게 화를 내는데
너는 왜 화를 안 내느냐 따져 물었다.
내가 화를 낼 때
너도 화를 내야 싸움이 된다는 말인데
도무지 이해할 수가 없었다.

내가 아무 말이 없다고 해서
할 말이 없는 게 아니고
화를 내지 않는다고 해서
화가 나 있지 않은 게 아닌데
나도 자기처럼 소리를 지르고 화를 내라는 건
자기 혼자 나쁜 사람이 된 기분이 들어서일까.
내가 아프다고 해서
상대도 아파야 하는 건 아니지 않나.

계속해서 움직여야
넘어지지 않아

현재가 불안하면
움직여야 한다.
할 일이 있는데
미루고 미루면서
계속 불안감만 키우는 건
옳지 않다.

누구와의 관계에 있어서라면
더욱 그럴 것이다.
오해가 겹겹이 쌓이면
좀처럼 찾기 어려운
화석과 같은 깊은 상처를 남긴다.

이런 사람 만나라, 만나지 말라는
남 얘기 듣고 사람을 만나지 마.

내가 만나는 사람은
내가 가장 잘 알고 있고
그 사람과의 관계는
내 판단과 선택에 의해
만들어가는 거야.

남 얘기 듣고 그것에 맞추어
그 사람을 판단하다 보면
누구도 만나기 어려워.
그러다 보면 내가 누군가를 만나는
내 나름의 기준을 알 수 없게 돼.

세상에는 완벽한 사람도
내게 꼭 맞는 사람도 없어.
단지 서로 노력하면서
함께 만들어가는 거야.

함께한 노력 때문에
빛나는 거야

변하지 않아
아름다운 것이 아니라
아름다운 것이 변함없을 때
비로소 소중해지는 것이다.

처음의 그 마음 변하지 말자고 말하지만
세월 속에 달라지는 우리처럼
그 마음 또한 서로를 향해 맞춰간다면
함께하는 아름다운 시간들이
우리의 삶 속에 소중하게 빛날 거야.

그 사람은
바보가 아니야

사람의 욕심은 끝이 없어서
자꾸 받기만 하면 고마운 줄 모르고
당연하게 생각되어
작은 일에도 서운해지기 마련이다.

그러다 보면 노력하는 사람은 보지 못하고
자기 욕심에 빠져 관계를 망치기 쉽다.

내 행복은 내가 채우는 것이지
누군가 채워주는 게 아니다.
가진 게 없어 줄 것이 없으면
노력 없이 받는 것에 익숙해지지 마라.

멍청해서 당신을 사랑하는 것이 아니다.
단지 사랑하니까 모르는 척할 뿐이다.

거절할 줄도
알아야 해

내가 할 수 없거나
하고 싶지 않은 일에 대한
부탁을 듣고 망설이지 마라.

그 부탁을 들어준다고
착한 사람이 되는 것이 아니고
한 번으로 끝나지 않는다.
즐겁게 해줄 수 있는 일이 아니면
즉시 거절하라.

그것이 서로의 관계를 지키는 일이다.

지금 내 옆에
있는 사람

돌아보면 나는
어떤 사람이었는가.

이루지 못한 사랑에 대해
또는 사람과의 관계에 대해
부질없는 후회감이 들다가
문득 성숙하지 못했던 내 모습들에
부끄러워졌다.

이젠 너무 오래된 곳으로 멀어져
떠오르지도 않을 기억 속에 갇혀 있을
나와 스쳤던 수많은 사람들에게
미안함과 고마움을 전한다.

지금 내가 해야 할 일은

내 곁에 있는 사람들에게
더 잘하는 것이다.

서로의 기억 속에
그렇게 사라지지 않도록 말이다.

배려는
가슴속에 남는다

너무나 예쁘고
기분 좋은 말들로
세상을 다 줄 것처럼
입으로 떠드는 사람보다

조금 서툴러도
작은 배려로
소박하지만 나를 생각하고 있구나 하고
느끼게 해주는 사람이 좋다.

입으로 나온 말들은
흩어져 사라지지만
나를 향한 배려는
가슴에 남는다.

아닌 건
아닌 거야

사람과의 관계에서
시간이 지나도
아닌 건 아닌 것이고
변하지 않는 건
변하지 않을 뿐이다.

기대하면 기대할수록
기다리면 기다릴수록
다치는 건 마음뿐이고
남는 건 닫힌 마음이다.

확실하게
짚고 넘어가기

싫은데 괜찮은 척
좋은데 아닌 척하지 말고
좋으면 좋다고
싫으면 싫다고
분명하게 얘기하는 게 좋다.

솔직하게 표현하고 행동해야
우리의 관계도 확실해질 수 있다.

이번 한 번뿐이라는
거짓말

거짓말은
한 번으로 끝나지 않는다.

거짓말은
또 다른 거짓을 불러와
나중에는
감당할 수 없을지 모른다.

피하지 말고
솔직하게 말하면
고통은
한 번으로 끝날 수 있다.

내가 한 말과 행동을
상대가 어떻게 생각할지에 대해
너무 오랫동안 상상하는 건
의미 없는 소모적인 일이다.
이미 지나간 시간에
쓸데없는 미련을 두는 것이다.

상대의 기분을 상하게 하는 건
좋은 일이 아니지만
지나친 자기 검열은 나를 힘들게 할 뿐이다.
함께 시간을 보내는 동안에
문제가 없었다면 그걸로 됐다.

지나간 일을
너무 곱씹을 필요는 없다.

들어주는 것만으로
힘이 돼

누군가 너에게
아프다고 말하면
나도 아파봐서 안다고
말하지 마.

네 얘기를
듣고 싶은 게 아니라
내 얘기를
들어달라는 거야.

위로는 꼭
말로 해야 하는 것이 아니라
그냥 곁에 있어주는 것만으로도
힘이 되니까.

곁에 있어도 내 것이 아닌 게 있고

멀리 있어도 내 것인 게 있다.

연락의 빈도가
관계의 척도는 아니야

연락을 자주 한다고 해서
나를 사랑하는 것이 아니다.
쓸데없이 연락을 해서
시간을 뺏는 사람도 있고
한 번을 연락하더라도
깊이 있는 시간을 보내기도 한다.

사람의 마음은 연락의 횟수와 비례하지 않는다.
내가 연락한 만큼 연락을 해야
나와 마음이 같은 게 아니다.
오히려 연락을 자주 하느냐보다
연락이 안 될 때도 신뢰할 수 있느냐가 더 중요하다.

그러니 관계의 척도를
연락의 빈도로 단정 짓지 말자.

상처에서
자유로워질 것

상처받은 것에 대해
보상받으려 하지 말고
상처 준 사람에게
복수하려고 하지 마라.

상처에 대한 보상보다
상처 준 사람에 대한 복수보다
상처받는 것으로부터
자유로워져라.

중요한 건
그 안에 담긴 꾸준함이야

누군가의 안부를 묻는 일.
안부를 물을 수 있는 사람이 있다는 건 고마운 일이다.

매일 이른 아침, 문자 메시지가 온다.
오늘도 행복한 하루 보내세요.
오늘도 감사한 하루 보내세요.
어디서 찍었는지도 모르는
누가 만들었는지도 모르는 촌스러운 꽃 사진에
눈부신 색색의 글씨가 담긴 이미지를
매일 아침 받는다.

어딘가에서 떠돌아다니는 이미지를 저장해서 보내는 일.
나뿐 아니라 모든 사람에게
똑같은 시간에 똑같은 메시지를 보낼 거라 생각하니
마치 스팸 메일을 받는 듯한 기분이 들었다.

언제부턴가 아예 열어보지도 않고 있다가
계속해서 떠 있는 알림 숫자가 보기 싫어
잠시 들어가 읽지도 않고 바로 나왔다.

그런데 이게 1년이 되고
2년이 되고, 3년이 되면서
익숙해지기도 했지만
이렇게 매일 메시지를 보내는 그 꾸준함이
대단하다는 생각이 들었다.

그 안에 담긴 말보다
지속하는 행위가 참 고맙다는 생각.
이 사람 나름의 표현일지 모른다는 생각이
그제야 들었다.
마트에서 들어오는 손님에게
매일 똑같은 인사를 하지만
매번 다르게 말할 수는 없는 거니까.

이제는 가끔씩 답장을 한다.
평소에는 입 밖으로 잘 하지 않는 말이지만
메시지를 읽고 답장을 보낸다.
'아빠도 즐겁고 행복한 하루 보내세요.'

분위기를
읽는 사람

웃을 수 없는 말을 하며 웃지 않자
그제야 농담이라고 한다.
상대가 기분이 좋지 않다면
농담이라고 할 게 아니라
미안하다고 해야 하는 것이다.

자기의 오래된 이야기를 하며
나를 위한 조언이라고 말한다.
내가 원하는 건
당신의 이야기를 듣는 게 아니라
내 얘기를 들어달라는 것이다.

잘해주는 걸로는
부족해

사랑이 애절해지는 순간은
그 사람과 함께하게 되었을 때가 아니라
그 사람을 잃을까 봐 두려워질 때다.

소중한 것은 가지고 있을 때보다
잃어버렸을 때의 상실감이
더 크게 다가옴을 알기 때문이다.

그러니 좋은 관계를 위해
잘해주는 것도 중요하지만
용납할 수 없는 것에는
언제든 떠날 수 있다는
냉철한 모습을 보여줘라.

누군가가 그립다고 너무 슬퍼하지 마.

또 다른 누군가는 나를
그리워하고 있을지 모르니까.

내 사람들만으로도
인생은 벅차

사람과 사람 사이의 연은
보이지 않는 끈으로 연결되어 있다.
그래서 사람과의 연이란
잘 꼬이기도 하며
좋은 관계를 유지해나가는 것이 어렵다.

나와 얽혀 있는 관계들이
엉켜 있다고 망설이지 마라.
나와 사람들 사이 관계의 끈은
다른 사람들에게 보이기 위함도 아니고
다른 사람들의 눈에 잘 보이지도 않는다.
나만이 볼 수 있고
내가 주도적으로 만들어가는 것이다.

만약 무언가 잘못된 연 때문에

나 스스로 고통받고 다음을 이어갈 수 없다면
과감하게 끊어내라.
내 연들은 다른 누군가가 아닌
나를 위한 것들이다.

시간은
한정돼 있어

너무 많은 사람과 시간을 보내려고
바쁘게 살지 않아도 된다.

나와 함께 시간을 보내자고
오는 사람 막지 않고
나 싫다고 가는 사람
갈 길 가도록 내버려 둬도 괜찮다.

사람이 재산일 수도 있지만
그건 수량을 의미하지 않는다.
모두가 나를 좋아하지 않아도 된다.
나를 알아봐주는 한 사람이면 된다.

한정된 시간을 많은 곳에
조금씩 나누어 보내지 말고

나를 소중하게 생각하는 사람과
많은 시간을 보내는 데 집중하자.

침묵은
금이 아니야

사람과의 관계에서
믿음이 사라지는 건
침묵으로부터 시작된다.

일을 크게 만들고 싶지 않거나
부딪히고 싶지 않아 말을 하지 않는다면
상대는 그 순간 혼자만의 상상과 불안함으로
또 다른 오해와 분노가 생기기도 한다.

관계를 망치고 싶지 않다면
먼저 다가가 얼굴을 마주하고
대화를 하는 것이 좋다.
엄청난 잘못을 한 게 아니라면
대개의 경우 생각보다 심각하지 않은 경우가 많다.

안 맞는 건
어쩔 수 없어

바뀌지 않는 것을 바꾸려고 노력하기보다
내가 할 수 있는 만큼 맞추면서 살면 편하다.
내가 변화하는 것이 어려운 일이듯
다른 사람을 나에게 맞추는 것은 불가능에 가깝다.

가능하지 않은 것에 마음 쓰며
혼자서 기회를 줬다가 기대를 했다가 상처받지 말고
있는 그대로 인정해주어야 나도 인정받을 수 있다.

맞지 않으면 어쩔 수 없는 일이다.
나도 스스로 변하지 못하면서
남을 바꾸려고 애쓰면서 사는 건 이기적이다.

척하지
말기

없으면 없다고
모르면 모른다고
솔직하게 말하며 살자.

없는데 있는 척
모르는데 아는 척하며
사는 것만큼 괴로운 일도 없다.
없다고 모른다고
무시하면 안 보면 그만이다.

없어도 나눌 수 있고
모르면 도와주는 사람과
벗하며 사는 것이
부족해도 더 행복하다.

놓아야 할 것과
　　　놓지 말아야 할 것을
　　잘 구분하고 살 것.

말을 들어주는
사람이 좋아

말을 많이 한다는 건
말에 무게가 없기 때문이다.
말을 많이 하게 되면 실수가 많다.

말을 많이 하는 사람이
이기는 것 같지만
뒤돌아섰을 때 생각이 많아지는 건
말을 더 많이 한 사람이다.

말을 많이 하면
말하는 사람도 듣는 사람도 피곤해진다.
말을 잘하는 것보다
잘 들어주는 게 더 사람의 마음을 끌리게 한다.

참는 건
외면하는 거야

있는 그대로
그 사람을 인정하지 않으면서
나는 그 사람에게
온전히 인정받기를 바랐다.

서로가 서로를
조금씩 이해하며 양보하지만
서로가 그 간격을
좁히지 못한다면 돌아서야 한다.
아니라고 생각한 것을
오래 참는다고 해서 나아지지 않는다.

서로에게
행복하지 않은 시간을 보낸다는 건
지옥에 사는 것과 같다.

갑과 을의
문제가 아닌

좋아하는 것을
좋아한다 말하지 못하고
싫어하는 것을
싫어한다 말하지 못하고
원하는 것을
원한다고 말하지 못하고
아닌 것을
아니라고 말하지 못하고

솔직한 마음을
솔직하게 말하지 못하고
말하고 싶지만
말할 수 없는 답답한 관계는
살아 있지만
죽은 것이나 다름없다.

낯선 누군가를 만난다는 건
여행을 떠나는 일과 닮았다.

답답하고 지친 반복된 일상 속에서
갑자기 어디론가 훌쩍 떠나고 싶다거나
혹은 누군가와 즐거운 추억을 만들기 위해
우린 종종 여행을 떠나곤 한다.

그 시간을 통해 때로는 상상했던 것보다
더 좋은 시간을 보내기도 하고
때론 예상하지 못했던 일들로 인해
고통을 받기도 한다.
어찌 됐든 어떤 즐거움 또는 행복을 통해
살아가는 데 필요한 에너지를 얻고자 하는 것이다.

하지만 그 시간이 어떠했든
여행에서 돌아온 후에 오는 피로감은 비슷하다.
우린 살아가는 데 필요한 에너지를 얻기 위해
또 다른 노력이라는 에너지를 쓰는 것이다.

남는 것은 순간순간 기억의 조각들이다.
너무 좋은 기억에 자주 드나드는 곳도 있고
다시는 가고 싶지 않은 곳도 생긴다.

언제 와도 좋은 곳은 있지만
누구와 와도 좋은 곳은 없다.
사랑도 그렇다.
언제라도 내겐 좋은 사람이지만
누구에게나 좋은 사람이라는 건
없는 것처럼 말이다.

나에게 나쁜 사람이라고 해서
다른 사람에게도 나쁘지는 않다.
내가 그런 것처럼 말이다.

중요한 건
같은 마음이란 거야

같은 곳을 바라보며
같은 길을 걸으며
다른 마음으로 살아간다면

함께 있는 것 같아도
각자의 길로 가고 있는 것이다.

다른 곳을 바라보며
다른 길을 걷는다 해도
같은 마음으로 살아간다면

멀리 있는 것 같아도
같은 길을 걸어가는 것이다.

함께한다는 것은

함께 산다는 것은
같은 마음으로 각자의 삶을
열심히 살아내는 것이다.

원인은
나한테 있는지도

누군가 낯선 곳에 살면서
가장 중요한 것은
언제나 먼저 웃으며
인사하는 거라고 말했다.

타국에서 현지인들과 듣는 첫 수업 시간.
낯선 사람들과 함께 시간을 보낸다는 게
나만 어색하다고 생각했는데
여기 사람들에게는 내가 낯설었는지
경계하는 모습에 좀 불편해졌다.

현지 에이전트와 이야기를 나누다가
학교생활은 어떠냐는 질문이 나왔다.
내 느낌인지는 모르겠지만
사람들이 나를 경계하는 것 같아

유쾌하지 않은 시간이었다고 말했다.
그런 나에게 에이전트는
항상 먼저 웃으며 인사하라고 말했다.

누구를 만나든지
그 사람을 그냥 지나치지 말고
웃으면서 인사하면
처음에는 무표정으로 대할 수 있어도
계속해서 반복하다 보면 언젠가
그 사람들도 나에게 웃음을 보이며
응답할 거라고 말이다.

건물을 청소하는 분이나 경비 아저씨 등
그 누구에게라도 먼저 웃으며 인사를 건네면
혹시 모를 낯선 곳에서 언젠가
내가 어려움에 처하거나 도움이 필요한 상황이 생겼을 때
그들이 나를 도와줄 거라고도 말했다.

돈을 들이지 않고도
그 사람들과 어울릴 수 있고,
낯선 곳에서 안전하게 지내는 방법 중에
이만 한 것이 없다고 말이다.

얘기를 듣고 다시 생각해보니
낯선 곳에서 나를 지키기 위해
내 표정이 좋지 않아 보일 수 있었겠다는 생각이 들었다.
상대의 표정이 좋지 않은 건
내 표정이 좋지 않아서 그랬을 수도.

그들의 얼굴에 비친 경계심이 어쩌면
그들이 보는 내 모습일 수 있다고 생각하니
아차 싶었다.
보통 문제의 원인을 외부에서 찾지만
정작 문제의 근원은 나에게 있음을 알았다.

다음날, 어색하지만 웃으며 인사했다.
그리고 웃음과 함께 친구들이 생겼다.
먼저 웃는 것만으로 마음이 너무나 편안해졌다.
행복감을 느꼈다.

말은
사라지지 않고 남아

사람과의 관계에서
폭풍을 일으키는 것은
어떤 큰 사건이 아니라
내뱉는 순간 사라지는
보이지 않는 말이다.

입 밖에 낸 말은
조용히 사라지지만
보이지 않게 흘러 다니다
누군가의 마음에 닿아
폭풍을 일으키기도 한다.

남을 향한 뾰족한 가시 돋친' 말은
삼키면 사라지지만
내뱉으면 더 날렵하게 날아

더 깊게 꽂힌다.

좋은 말만 하며 살 수는 없지만
누군가를 향한 비난의 말은 삼켜라.
그래야 나도 누군가의 화살을 맞지 않는다.

상처의
역설

상처받고
상처 주는 사람에게 익숙해지면
나도 누군가에게
상처 주는 것에 익숙해진다.

준 대로
고스란히 받는다

화가 난다고 해서
남을 욕하고 비난한다고 해서
화가 가라앉지 않는다.

남에게 책임을 돌리고 험한 말을 하면서
자기는 옳고 온전하며 바르고 착하다고
착각하며 사는 것이다.

싫으면 내가 떠나면 그만이고
보고 싶지 않으면 안 보면 된다.
싫은 것을 계속 보면서
싫다고 화를 내봐야
내 마음만 병이 든다.

아픈 말을 하면

내가 아프게 되는 것이다.
다른 사람에게 아픔을 주면서
나는 아프지 않기를 바라지 마라.

기억은
다르게 적혀

참 이상하지?
상처 준 말은 기억도 못하면서
상처받은 말은 잘도 기억한다.

2장

내가 사랑하는

나에게

로또 당첨에도
노력이 필요해

매주 로또를 사는 나에게
누군가 갑자기 로또를 하느냐고 물었다.
뭔가 핀잔을 들을 것 같아
가끔 한다고 얼버무렸다.
그랬더니 뜻밖의 말을 듣게 되었다.

로또에 당첨되고 싶다면
꾸준히 하는 게 좋아.
많은 금액을 사라는 게 아니라
매주 빠지지 않고 해야 한다는 거야.

로또도 사지 않으면서
맨날 로또나 됐으면 좋겠다고 말하는 것처럼
이상한 말도 없는 거야.
세상에 노력 없이 얻어지는 게 어디 있어.

그러니 만약 로또에 당첨되고 싶다면
천 원이든 오천 원이든
꾸준히 사야 기회가 생기는 거지.

세상의 모든 게
자기가 노력한 만큼 얻게 된다는 걸 명심해.

내가 사랑하는
나에게

홈런을 가장 많이 치는 선수는
삼진 아웃을 많이 당한다고 해.
또 팀의 핵심 타자는 4번 타자지만
보통 그는 열 번 중 세 번 이상 출루를 한대.

사람들이 잘한다고, 최고라고 부르는 선수들도
백 퍼센트 완벽하지는 않아.
경기에서 홈런을 치는 것보다 중요한 건
적시에 안타를 치고 기회를 만들고
그다음을 이어갈 수 있도록 하는 거거든.

그러니 너무 완벽해지려고 애쓰지 말고
결과에 마음 아파하지 마.
삶의 중요한 순간에
집중했고 최선을 다했다면

그걸로 충분해.

기회는 또 돌아오니까.

대충
사랑할 것

너무 열심히 사랑하지 않아도 괜찮아.

내려놓아도 괜찮아.

사랑에 빠져 나다움을 잃지 마.

포장지보다
알맹이가 중요해

보여줄 게 없는 사람일수록
보여줘야 하는 이력서가 길다.
내세울 것 없는 사람일수록
누군지도 모르는 아는 사람 자랑을 한다.
서열이 중요하다고 생각하는 사람일수록
자기 이름을 말할 때 "어디의 대표입니다"라고 말한다.

자존감이 낮은 사람일수록
자기를 포장하는 것을 중요하게 생각한다.
그 사람이 말하는 것을 들어보면
그의 자존감이 어떤지 알 수 있다.

중요한 건 포장지가 아니라
내 안에 있는 본질이다.

게으른 게 아니라
지친 거야

당신은 게으른 것이 아니라
지쳐 있을지 모른다.
익숙하게 하던 일도 더뎌지고
즐겁게 하던 일들도 재미가 없다.
무엇을 해야 하는지 알고 있지만
아무것도 할 수 없을 때가 있다.

점점 무기력해지고
사람을 만나는 것도 귀찮게 느껴지고
세상의 어떤 것도 즐겁지가 않다.
숨은 쉬고 있지만
힘겹게 잠든 밤
아침이 오지 않기를 바라기도 한다.

당신은 게으른 것이 아니라

마음이 아픈 것인지 모른다.
열심히 노력한 것들에 대해
생각과 다른 결과에 지쳐
모든 게 의미 없다는 생각이 든다.

당신은 게으른 게 아니라
우울한 것일지도 모른다.
아무것도 안 하고 가만히 있어도
기분이 나아지지 않는다면 혼자 길을 나서라.
그리고 누군가를 만나라.
그 사람은 가까운 사람일 수도
처음 보는 낯선 사람일 수도 있다.

사람은 사람 때문에
우울해지기도 하지만
사람으로 치유받을 수 있다.
갑자기 쓰러진 사람이
스스로 심폐소생술을 해서
살아날 수는 없다.

그러니 쓰러지기 전에 살펴주고
보듬어주어야 한다.

방황한다고 해서

모두 다 길을 잃은 것은 아니야.

마음에도
해우소가 필요해

소란 떨고 싶지 않아
아무렇지 않은 척
격해지는 감정을 몰아세우며
누르기에 바빴다.

바쁘게 지내다 보면
잊혀지겠지라는 생각에
많은 사람들을 만나고
감당하기 벅찰 정도로 일을 하면서도
그 틈 사이로 새어 나오는
어쩔 수 없는 작은 감정들까지
짓눌러 막았다.

폭풍전야의 모습은 고요하지만
평화로운 풍경과는 거리가 멀다.

그렇게 겹겹이 눌러 담은 압축된 감정들이
한꺼번에 터져버리는 날에는
나 스스로 나를 감당하기 어려워질지도 모른다.

달아오른 순간의 감정들을
그때그때 빵빵 터트려 날려버리지는 못해도
적절하게 비워내며 살아야 한다.

내 감정을 누르며 사는 것은
결코 나에게 도움이 되지 않는다.

터널은
지나가는 길의 일부일 뿐

살다 보면
영원히 끝나지 않을 것 같은
앞이 보이지 않는
어두운 긴 터널을 지나는 시간이 있다.

얼마나 더 가야 빛을 볼 수 있는지
얼마나 더 참아내야 하는지
알 수 있다면 좋겠지만

도무지 알 수 없기 때문에
우린 이 고통을 잘 이겨내기도 한다.

그건 단순히 남은 시간이나 물리적 거리를
확인할 수 있어서가 아니라

터널은 지나가는 길의 일부일 뿐이며
끝에는 반드시 또 다른 세상이 있다는
어쩌면 너무나도 당연한 믿음 때문일 것이다.

이별보다 어려운 게
이해야

이해가 어려울까.
이별이 어려울까.
이해하지 못해 결국
이별하는 것이다.

이별이 어려워
이해하지 못하겠는 것을
참고 견디려고 노력하지 마라.

헤어지는 게 잘못된 게 아니라
이해할 수 없는 것을
힘들게 참아내는 것이 잘못된 것이다.

언제나 나를 위한 선택이 먼저임을
기억하자.

가끔은
모난 사람이 되자

둥글둥글 매끄럽게 살며
여기저기 줏대 없이 돌아다녀
상처 입기보다
생긴 대로 사는 게 낫다.

지구가 둥글다고
모두가 둥글 필요는 없다.
모두가 다 각자의 모양대로
각자의 자리를 지키며 사는 것이다.

장점이 때론
맹점이 되기도 해

장점은 좋고
단점은 나쁘다,
나누어 말하지 말자.

살다 보면 때로는
장점이 단점이 되기도 하고
단점이 장점이 되기도 한다.

장점을 살려 무언가를 해야 한다고
단점은 다 버려야 한다고 하지만

누구는 장점이라 생각한 것 때문에
인생이 꼬이기도 하고
누구는 단점이라 생각한 것을 살려
행복해지기도 한다.

사람은 모두 장단점을 타고 나지만
어떻게 사느냐는 자기의 몫인 것이다.

갑자기 분위기가
싸해지는 이유

예쁘고 멋진 것들을 보면서
왜 갑자기 거기에 나를 빗대어
싸한 분위기를 만들어낼까.
난 그냥 나일 뿐이다.

감정은
소비재야

나와 아무 상관없는 사람과 일에
감정을 소비하며 시간을 보내지 말자.

내가 관심을 갖는다고 해서
그 사람이 어떻게 되는 것도 아니고
오히려 내 기분과 하루에
좋지 않은 영향을 줄 뿐이다.

오늘 아침 내 기분은 어떠한지를 살피고
무엇을 먹을지 어떤 일을 해야 하는지 생각하며
안부가 궁금한 사람에게 메시지를 보내는 것이
내 하루를 더 풍요롭게 만든다.

남의 삶을 들여다보지 말고
나의 삶에 집중하며 살자.

비중 없는 조연들은
지나가게 두자

누군가에게 사랑받고
인정받으려 애쓰기보다
나를 먼저 보듬어주고
인정하며 사랑하자.

어차피 그 누군가라는 대상은
계속해서 바뀌기 마련이다.

내가 스스로에게 당당할 때
그 누군가에게도 인정받고
사랑받는 사람이 된다.

내가 그 사람에게
소중한 존재가 된다.

이별에
대처하는 자세

이제는 온전히
나를 위한 시간을 보내야 할 때이다.

하고 싶었던 일을 하고
사고 싶었던 것들을 선물하고
조금 더 멋진 내가 될 수 있도록
노력할 기회로 삼으면 된다.

나를 떠나간 사람에게
복수한다는 생각보다
조금 더 나은 내가 되어
조금 더 좋은 사람을 만날 수 있게
나를 위해 살아야 할 시간이다.

그림자에
속지 마

빛을 등지고 걷지 마.
외롭다고 빛을 등지고 걷는다면
언제나 어두운 그림자와 벗하게 돼.

앞을 바로 봐봐.
저마다 저렇게 자기만의 아름다운 빛을
자랑하기 바쁘잖아.

뒤돌아보지 마.
애써 내 어두운 면을 볼 필요는 없어.

꽃이 나를 보며
웃는 게 아니라

우연히 마주한
이름 모를 꽃 한 송이가
웃고 있었다.

정확히는
꽃이 나를 보고 웃는 게 아니라
내가 꽃을 보며 웃는 것이지만
이내 마음이 따뜻해졌다.

부디 계속 아름답기를.

뿌리 깊은
나무 같은 사람

바람이 부는 대로
이리저리 흔들려 중심을 잃기보다

나만의 시간을 홀로 견디며
나이테를 겹겹이 두른 나무처럼

부러지더라도 곧게 서서
내 자리를 지키고 싶다.

그래야
누군가에게 그늘이 되고
때로는 기분 좋은 바람을
전할 수 있을 테니까.

행복해지고 싶을 때
읽어볼 것

행복해지고 싶다면서
세상에서 가장 소중한 것을
잃어버린 채 산다.

행복을 찾기 전에
먼저 찾아야 할 것은
세상에서 가장 소중한
바로 나 자신이다.

세상에 완벽한 건 없다.

다만 스스로 충분하다고 느끼는 것이다.

의심하기 전에
수고했단 말부터

내 삶에 최선을 다하고 있는데 힘든 이유는
사람들의 눈에 최고가 되고 싶은 욕심 때문인지 몰라.
이미 최선을 다하고 있다면
난 이미 최고로 잘하고 있는 거야.
그러니 그런 나에게 고생했다고 다독여줄 수 있어야 해.

평범한 사람은
없어

평범하게 산다는 것이
어렵다고 느껴지는 순간은
남들과 나를 비교하면서 시작된다.

그 사람에 대해 잘 알지도 못하면서
나와 다른 사람의 삶을 내 삶에 대입하며
나도 저렇게 살고 싶다고 생각한다.

오늘 해야 할 일을 하면서
내 곁에 있는 사람과 시간을 보내며
일상에서의 소소한 행복을 느끼는 것.
나에게 집중하며
내 삶을 충실히 살아가는 것이
평범하게 사는 것이다.

그러니 남들과 나를 비교하지 말 것.

나는 나일 뿐이다.

내 멋대로 살면 된다.

꼭 티를
내야 안다

괜찮지 않은데
괜찮은 척하면
괜찮아지지 않는다.

괜찮지 않을 때는
괜찮지 않다고 말해야
괜찮아질 수 있다.

그러니
괜찮은 척 살지 말고
괜찮지 않을 때는
괜찮게 살 수 있게
괜찮지 않은 티를 내자.

124

과소평가보단
과대평가가 나아

스스로를 과대평가할 필요는 없지만
과소평가하는 것보다는 낫다.
사람의 가치는 정해져 있지 않다.
그리고 개인의 가치는 그 누구도 평가할 수 없다.
그러니 본인의 가능성을 믿고 시작하라.

나를 사랑하지 않는
나에게

누군가 나에게
관심 가져주길 바라면서
나는 나에게 관심이 없고

누군가 나에게
웃음으로 대해주길 바라면서
나는 웃음을 잃었으며

누군가 나에게
친절하게 대해주길 바라면서
나는 나에게 친절하지 않고

누군가 나에게
사랑을 주기를 바라면서
나를 사랑하지는 않는다.

나는 나를 돌보지 않으면서
누군가 나를 돌봐주길 바란다.
사랑받기를 바란다.

아름다운 외모를
가꾸는 방법

내가 점점 못생겨지는 이유는
내 마음이 바르지 않기 때문이다.

웃으며 다독이지 못하고
항상 잘못된 일의 책임을 스스로에게 물으며
자책하고 짜증 내기 바빴다.
그렇게 혼자 내팽개쳐진 내가
좋은 모습을 하고 있을 리가 없는 것이다.

별다른 노력 없이도 외모를 가꾸는 방법.
사랑받는 사람이 예뻐지는 것처럼
나 자신에게도 '괜찮아, 잘될 거야'라고 말하며
애정을 갖자.

시간이 없는 건
마음이 없어서야

아파서, 너무 아파서
이곳을 떠났었다.
그렇게 낯선 곳에서
낯선 나와 마주하며 시간을 보냈다.

나를 미워하지는 않았지만
한 번도 얘기를 들어준 적 없는
나를 달래며 위로했다.
그동안 무심했던 나에게
지금까지 돌보지 못하고 살아서
미안하다고 말이다.
그러자 아무 말 없던 내가 말했다.

괜찮아.
이제는 충분히 나와 시간을 보냈으니

129

그것으로 되었어.
이제는 돌아가도 괜찮아.

그렇게 나는 나를 용서하고
삶에서 가장 소중한 게 무엇인지를 알게 되었다.

관심이 없다는 건 애정이 없다는 말과 같다.
누군가를 좋아하면서 관심이 없을 수는 없다.
살아가기 위해 나를 돌볼 시간이 없었다고 변명하지만
내가 아닌 다른 것들에 신경 쓰기 바빴다.
나는 내가 잘 아니까
나는 나니까 괜찮다며 말이다.

내가 나와 오롯이 시간을 보내지 않으면
다른 그 누구와도 더불어 살아갈 수 없다.
그러니 언제든 가던 길을 멈춰 서서
나를 살피는 일에 인색해지지 말자.

나를 돌보는 일은
나와 관계된 모든 것들을 지키는 것과 같다.

사랑받으려고 애쓰지 마라.

그것이 나에게 상처가 되는 것이다.

나보다 더 나를
행복하게 해줄 사람은 없어

내 삶을 누군가에게 맡기려 하지 말고
스스로 주도적인 삶을 살아야 한다.
누군가에게 기대려 하면 할수록
마음은 더 공허해지고
외로워질 뿐이다.

모두에게 인정받을 수 없음을 인정하고
많은 사람에게 사랑받으려는 마음을
내려놓아야 한다.

내가 먼저 웃을 수 있어야
나를 보며 웃는 상대의 웃음을
밝은 웃음으로 받아줄 수 있다.

틀린 게 아니라
덜한 것

살아가는 데
정답이 어디 있어.

내가 옳다고 생각하면
그게 맞는 거지.

그 선택에 대한 결과가
좋지 않다고 하더라도
틀린 것이 아니라
단지 조금
덜 만족스러운 것뿐인 거야.

그냥
나라서

행복했으면 좋겠다는 생각보다는
그냥 나로서 온전히 살 수 있었으면 좋겠어.
행복이라는 단어를 좇는 사람이 아니라
그냥 나로서 말이야.

생각하기
나름

작은 마음에
자꾸 가두려고 하지 말고
파란 하늘을
마음껏 날도록 자유를 줘.

이곳이 편히 쉴 곳이라 느낀다면
둥지를 트고 날아가지 않을 거야.

떠나기 위해
하늘을 날고 있다고 생각하는 사람과
우리를 위해
하늘을 날고 있다고 생각하는 사람.

그건 생각하기 나름이야.

내가 그렇다면
그런 거야

못한다고 생각하면 못하는 것이다.
힘들어서 놓았다면 다시 잡을 수는 없는 것이다.
안 된다고 생각하면 안 되는 것이다.
할 수 없다고 생각하면 할 수 없는 것이다.

마음의 잔고장을
방지하는 방법

웃고 싶으면 웃고
울고 싶으면 울어도 된다.

힘들면 쉬다 가고
방법을 모르겠다면
잠시 미루면 된다.

내 몸에서 보내는 신호를
감추거나 참지 않고
감정에 솔직하게 반응해야
마음에 고장이 없다.

시간은
약이 아니야

시간이 약이야.
이 또한 지나가, 라고 말하며

모든 일은
시간이 해결해준다고 하지만

그 일을 해내거나
헤쳐 나가야 하는 건
나 자신이다.

3장.

사랑은

그 사람을 배우는 거야

내가 하고 싶은
사랑

우리의 사랑이
양은 냄비의 물처럼 빠르게
끓어오르지 않기를 바라.

뜨겁지도 그렇다고
너무 차갑지도 않지만
미지근해서
재미없다고 느낄 수도 있지만

그만큼 오래도록
따뜻하게 평온하길 바라.

그 온도를 유지하기 위해
가끔은 뜨겁게 달아오를 때도 있지만
차갑게 식어버리지 않도록

서로를 따뜻하게 안아주며
살 수 있기를 바라.

더 사랑하는 쪽이
되더라도

한순간만이라도
너와 내가 바뀐다면
나도 네 마음을 알게 될 거라는 말에
사실 난 물어보고 싶었다.

정말 자신 있어?
만약 너와 내가 바뀌었을 때
네가 나를 사랑하는 것보다
내가 너를 사랑하는 마음이
더 크면 어쩌려고 그래?

마음의 크기가 중요한 게 아니라
우리가 사랑하고 있다는 사실
그거면 충분해.
사람의 마음은 순간순간 변해.

보이지 않는 그 크기에 집착하지 말고
우리 오래도록 서로를 위하며 곁에 있기로 해.

어떤 모습이라도
좋아

감지 않은 머리를 대충 묶고
집에서 입는 철 지난 옷을 입고
맨발로 슬리퍼를 끌고 나온 네가
참 귀엽다고 말하는 내게 물었다.
예쁘지 않은데도 내가 귀엽냐고.

네가 어떤 모습을 하더라도
너라는 사람 자체는 변하지 않으니까.
그리고 이젠 내가 그만큼 편하다는 거잖아.
정확하게는 나를 믿는다는 거잖아.
진짜 나를 보여줘도 내 마음이 변하지 않는다는 거,
알고 있다고 느끼게 해줘서 고마워.
예쁘게 꾸민 모습도 예쁘지만
편안한 모습이 나는 더 사랑스러워.

먼저 말해달란
소리야

너는 내가 좋아?

응.

내가 좋으냐니까?

그래, 좋아.

하루에도 몇 번씩 묻는 말에 궁금해졌다.

근데 왜 자꾸 계속 물어?

왜? 내가 귀찮아?

아니 왜 자꾸 물어보는지 이해가 안 돼.

아까는 좋았지만 지금은 아닐 수도 있으니까.

그리고 무엇보다 내가 좋다는 말을 전혀 안 하잖아.

그래서 계속 물어서라도 난 듣고 싶은 거야.

내가 좋다고.

내가 묻는 게 귀찮으면 먼저 좋다고 말해.

당신을
바래다주는 길

집에 바래다주는 길.
차를 타도 조금 멀었지만
걷는 걸 좋아한다는 핑계로
먼 길을 애써 오래도록 걸었다.

뭐가 그리 즐거웠는지
함께하는 내내 웃음이 멈추질 않았다.
그렇게 당신과 함께
오래도록 손을 잡고 걷고 싶었다.

이런 나를
사랑해줘서 고마워

어디 가서 너는
나 같은 사람 만날 수 없다고
나니까 너를 만나주는 거라고
웃으며 말하지만
우린 느끼고 있다.

내가 당신을
당신도 나를
사랑하고 있다는 것을.
알고 있는 것이다.

그래서 어디 가서도 만날 수 없는
너를 난 사랑하고
이런 나를 너는
사랑해주는 것이다.

우리가 사랑이라
부르는 것들

설레며 다가오지만 잘못될까 두려운 마음.
아름다운 시간을 함께 보내고 싶은 마음.

시적인 감각은 없지만 바르고 예쁘게 말하는 마음.
내가 아닌 누군가를 위해 무언가를 준비하는 마음.

화가 나는 감정을 누르며 먼저 웃어주는 마음.
아니라고 생각하지만 그럴 수 있지 존중하는 마음.

고되고 힘든 일이지만 그 사람의 행복을 비는 마음.
때론 그만하고 싶지만 놓을 수 없는 마음.

한 사람의 곁을 오래도록 지키며 살아가는 마음.
한 사람을 위한 또 다른 한 사람의 정성과 노력.

우리는 이것을
사랑이라 부른다.

너라는
계절

네가 내게 왔을 때는
그냥 바람이었지만
내 삶이 너로 가득했을 때
난 비로소 봄이 왔음을 알았다.

내 인생의 봄.
우린 뜨거운 여름을 지나
다채로운 가을의 단풍처럼 아름답겠지.

그리고 그 따뜻함으로
차가운 겨울을 함께할 거야.

가끔은
생뚱맞게 말해줘

충분히 느끼고 있고 알고 있지만
가끔은 생뚱맞게 말해줬으면 좋겠어.
나를 사랑한다고 말이지.

사소하고 당연하다 생각되지만
사소한 말 한마디가 당신에 대한 확신을 줘.
조금 더 가까이 있다고 느끼게 해주니까.

소소하지만
진실된

핸드폰에 담긴
사진첩을 보다가
한참을 웃었다.

SNS에 올리기 위해
의도적으로 찍은 모습들보다
일상에서 아무렇게나 찍은 순간들이
더 즐거움을 주었다.

순간의 재밌는 표정이나
장난스럽게 흔들린 사진들.
어딘가에 자랑하기 위한 모습이 아닌
있는 그대로의 자연스러운 순간들.
우리 둘만 볼 수 있는
행복한 순간들.

빛이 조금 부족하거나
구도가 이상하고
흔들렸을지 모르지만
그 안의 솔직한 모습이
더 진한 감동을 준다.

영원할 수 없기에

애가 타는 법이다.

사랑이
어려운 이유

사랑이 어려운 건
정답이 없기 때문이다.
정답이 있다면 매우 쉽겠지만
사랑에는 정답이 없다.

사랑에도 재능이 있는지는 모르겠지만
사랑도 경험을 해야 알 수 있다.
재능이 있다고 하더라도
능숙해지기 위해선 상당히 많은 시간을 거쳐야 한다.

계속해서 부딪히고 느껴야 알 수 있다.
그래야 사랑에 대한 자기만의 방법이 생긴다.

뜨거운 걸
바라는 게 아니야

사랑한다는 게 뭐야.
갑자기 몸이 막 뜨거워지는 그런 게 아니잖아.
언제나 너 하고 싶은 대로 하면서
내 기분에 맞춰주는 게 사랑이니.

내 얘기에 귀 기울여주고
언제나 내 편에 서서 내 곁을 지켜주고
기쁠 때나 슬플 때나 가장 먼저 떠오르는 사람.
어떻게 살아갈지를 함께 고민하고
오래도록 함께 걷고 싶다는 생각이 드는 사람.
삶에 확신을 주는 사람.

내가 원하는 건 그런 거야.
그런 사람이 되어주는 것.

먼 미래보다
지금을 이야기하자

오래 보고 싶다면
조금씩 나누어 봐야 해.
그럼 더 많이 보고 싶은 마음으로
가득할 테니까.

보고 싶다는 건
생각이 난다는 거잖아.
많이 생각한다는 건
그만큼 사랑이 깊어졌다는 말이야.

너무 오래 붙어 있어 익숙함에
마음 식어 멀어져
차가운 눈물 흘리기보다

일상의 순간순간에

당신을 보고 싶은 간절함에
뜨거운 눈물을 흘리는 게
더 행복한 거야.

먼 미래를 이야기하기보다
지금의 당신을 사랑하고 싶어.

예쁘게
말해야 하는 이유

그 어떤 대단한 것들을
바라는 게 아니다.
쓰고 없어질 물질적인 것들은
내게 순간의 큰 웃음을 주겠지만
살아야겠다는 의지,
살아야 하는 이유는
당신에게는 입 밖으로 나와
순간에 사라지는 찰나의 소리일지 모르지만

내게는 심장을 뛰게 하는
당신의 진심 어린
따뜻한 말 한마디일지 모른다.
그러니 기분대로 내뱉지 말고
마음을 담아 예쁘게 말하는 습관을 기르자.

단정 짓지
않기로 해

무엇이든 포기할 게 아니라면
단정 지어 생각하지 않는 게 좋다.
특히나 연인 간에는 더욱 그렇다.

너는 원래 그런 사람이라고 말한다거나
넘겨짚어 다 알고 있다는 듯 말해버리면
그다음을 잇기가 쉽지 않다.
어쩌면 나에게 해왔던 그동안의 노력을
그만 멈추어버릴지도 모른다.

더 잘할 수 있는데.
더 잘하고 싶은데.
인정받지 못하는 것에
기회를 잃었다고 생각하고
아무 말도, 아무것도 할 수 없게 될지 모른다.

163

미워지지 않을 만큼만
노력하기

무조건 잘해준다고 해서
사람의 마음을 얻을 수 없다는 걸 깨달았다.
잘하고 싶은 건 나의 마음이고
그 사람을 사랑하는 것 또한 내 마음이기 때문이다.

그 사람의 마음을 얻기 위한
무조건적인 배려와 헌신은
결국 스스로를 헌신짝으로 만들고 만다.

내가 좋아한다고, 잘한다고
그 사람도 나를 마냥 좋아해주고
잘해주어야 할 이유는 없다.
아니라고 판단되면 적당한 선에서
멈출 줄도 알아야 한다.
그 사람에 대한 마음이 깊어질수록

상처도 그만큼 깊어질 테니까.

그 시간이 길어질수록

잊기 위한 시간도 그만큼 길어지니까.

그리고 사랑받고 싶었던 만큼

그 사람을 미워하게 될지도 모르니까.

한 번 깨진 그릇은
붙이기 어려워

누군가를 사랑하고 헤어지는 것보다
현재의 관계를 잘 유지해나가는 게 더 어려운 거야.

종종 한 번 놓아버린 손을 다시 잡지만
그게 곧 다시 힘들어지는 이유일지 몰라.

표현한 만큼만
사랑

누군가를 좋아한다는 건
부끄러운 일이 아니다.
좋아하는 사람 앞에서의
수줍음은 자연스럽다.

내 마음을
그 사람이 받아주지 않는다고 해서
부끄러운 게 아니라
표현하지 못하고 뒤에서 바라만 보다
끝나는 것이 부끄러운 일이다.

순간의 상처는
시간이 지나면 아물지만
미련은 두고두고
보이지 않게 깊이 남는다.

사랑은
발견이야

사랑한다는 이유로
모든 것을 맞춰준다고 해서
관계가 좋아지는 게 아니다.

나다운 모습을 솔직하게 보여주고
서로가 서로를 온전히 인정할 수 있을 때
비로소 좋은 관계를 시작할 수 있다.

나를 버리면서까지
너무 그 사람에게 맞추려고
노력하지 않아도 된다.

그 양을
누가 잴 수 있을까

우리가 눈을 감는 것이 두려운 이유가
사랑하는 사람이 곁에 있기 때문이라면
편히 눈 감을 수 있는 이유는
그 사랑을 충분히 알고 있기에.

다만 아쉬운 건
그만큼 사랑해주지 못했기 때문이겠지.

하여 죽는 날 편히 눈 감을 수 있으려면
충분히 사랑할 것.
그리고 받은 사랑에 너무 미안해하지 말 것.

우리는 각자의 몫만큼 열심히 사랑했으니
그 양을 누가 감히 잴 수 있을까.

사랑했던, 사랑하는 그 마음 안고
편히 눈을 감을 것.

누구도 그 마음에
손가락질하지 않을 테니.

본성은
변하지 않아

소중한 것도
사랑하는 것도
모두 눈에 보인다.

사랑 참 쉽지.
눈에 보이거든.
나를 대하는
태도와 말투에서.

그런데 그게 보이든 보이지 않든
그 사람이 나를 정말 사랑하든 아니든
가장 잘 알 수 있는 사람은 나다.

내가 사랑받지 못한다고 생각하면
사랑이 아닌 것이다.

그런데 그걸
이 사람 저 사람에게 이야기하며
망설일 필요가 있나.
시간을 들일 필요가 있나.

사람은 변하지 않는다.
잠시 변하는 척할 뿐이다.

사랑은 영원하지만

사람이 영원하지 않을 뿐이다.

온 힘을 다해야
후회가 없어

그거 알아?
누군가를 만날 때 그 사람에게
최선의 노력을 하고 나면 후회가 없다.
이상하게도 그렇게 열심히 사랑하다 헤어졌는데
생각만큼 힘들지 않더라.

만나면서 이렇게도 해보고 저렇게도 해봤는데
결국 끝이 났다면 잘 생각이 안 나는 거 같아.
난 그 사람을 만날 때
헤어진 후에 남아 있을 감정까지
모두 힘겹게 쏟아냈거든.

그러니 누군가를 정말로 사랑한다면
온 힘을 다해야 해.
아무런 감정도 남아 있지 않게 말이야.

사랑해서
힘든 게 아니야

나를 힘들게만 하는 사람을 떠나보내야
내게 힘을 주는 사람을 만날 수 있다.

사랑한다는 이유로
모든 상처를 감내해야 하는 것이 아니라
계속해서 상처를 주기만 한다면
사랑이 아닌 것이다.

행복하지 않은데 행복해질 거라
희망을 가지며 견딜 게 아니라
힘들어도 지금 행복해야
희망을 가지고 살아갈 수 있다.

반드시 이 사람이어야 할 이유가 없다면
머물러 있어야 할 이유도 없는 것이다.

권태기

무언가에 집중을 하면
아무 소리도 들리지 않아.
만약 마음이 흔들리고 있다면 그건
이미 나 말고도 다른 것들이 보이기 시작했다는 거야.

내가 네 눈 어디에 서 있든 중요하지 않아.
이리저리 괜찮아 보이는 것 옆에 세워두고 비교하느라
가운데 놨다가 구석에 놨다가
앞에도 놓아보고 뒤에도 놓아봤을 테니까.

그래서 말인데
이제 그만 나 좀 놓아줄래?
너도 이리저리 재고 따지느라 힘들겠지만
나도 그래.

다른 이유는
없어

나는 그 사람을 사랑하는데
그 사람은 왜 나를 사랑하지 않는 걸까.

참 답 없는 이기적인 생각일지 모른다.
내가 그 사람을 사랑하는 것과
그 사람이 나를 사랑하는 건 관계가 없다.

누군가 나를 좋아한다고
내가 그 사람을 좋아해야만 하는 건 아니니까.

나는 너에게
구걸하지 않았어

이제 그만하고 싶다.
너에게 상처 주지 않으려고
내 마음에 상처 주는 일.

사람은 변하지 않는다지만
적어도 나를 위한 조금의 배려도 없는 너를
더 이상 이해하고 감당하기 어렵다.

너에게 내가 좋은 사람이기를 바랐던 게 아니라
단지 사랑해서 그런 거라 생각했는데.
그냥 나도 사랑받고 싶었나 봐.

그런데 이제 마치
사랑받고 싶어서 구걸하는 것 같은 내 모습.
내가 참을 수가 없다.

179

그때는
스쳐 지나가야 한다

사랑한다고 해서
나보다 그를 우선순위에 두는 것이
언제나 행복하지는 않다.

용인할 수 없는 것들을
조금씩 양보하면서
우리 사이를 연결하는 관계의 다리 위에
하나둘 쌓다 보면
감당할 수 없는 순간에
결국 무너지고 만다.

예상은 했지만
알 수 없는 찰나에 갑자기 부러져
깊게 상처를 입힌다.

꼭 이 사람이어야 하는 이유는 없다.
대부분은 스쳐 지나가야 할 사람을
혼자서 붙들고 사랑한다고 외치며
구걸하기 때문에 상처를 받는다.

그 사람은 시간이 없는 게 아니라

마음이 없는 것이다.

사랑 같은,
사랑 아닌 것들

좋아서 놓치고 싶지 않은 마음에
매달리는 것을 집착이라고 한다.
집착이란 누군가의 강요가 아니라
내 마음이기 때문에 어렵다.

그게 허상이고 환상이라 해도 놓을 수 없는 이유는
내 삶의 전부라고 믿고 있던
그 무언가가 사라져버리면 버틸 수 없기 때문에
잘못된 것임을 알아도 놓을 수가 없다.

그래서 집착은 언제나 무섭다.
의미를 부여하고 매여 있으면 고통이 따른다.
사랑이 언제나 아픈 게 아니라
스스로 만든 고통은 사랑이 아닌 것이다.

아무도 없는 들판에
홀로 서 있을 때

일부러 상처 주려고
그런 게 아니란 걸 알아.
그냥 내가 너에게
중요한 존재가 아닐 뿐인 거지.

아무도 없는 들판에
홀로 서본 적이 있니.

보이지 않는 작은 바람에도
괜히 설레고 마음이 흔들려.
나는 언제나 그 자리에 있는데
아무도 날 지켜주지 않아.

그건 상관없는데
내가 견딜 수 없는 건

네가 보이질 않는 거야.

그렇게 기다리다가 해가 지고
아무것도 보이지 않는 밤이 오면
그때는 날 찾을 수 없을지도 몰라.

나도 어둠을 따라 어디론가 움직이겠지.
새로운 하루가 오길 간절히 바라면서 말이야.

널 그만큼
좋아하지 않아

나에게 너무 잘해줘서
부담스럽다는 말을
그때는 이해하지 못했다.
사랑해주고 맞춰주기 위해
노력하는 모습이 너무 고맙다는 말 뒤에
감춰진 의미를 말이다.

난 널 그만큼 좋아하지 않는다는 말이다.
좋게 생각하면 내 진심을 이용하지 않겠다는
어쩌면 양심은 있다는 말이다.

그러니 더 이상 부담 주지 말고
떠나주었으면 좋겠다는 말이다.

자석

뒤돌아 있어 몰랐던 우리가
어쩌다가 달라붙어
사랑한다고 말하며
제일 가까운 사람이 됐는데.

서로 닮아가면서인지
자석의 같은 극이 되어
서로를 밀어내고 있다.

다시 볼일 없다며.

우리가 헤어진
진짜 이유

서로 맞춰가는 게
사랑이라고 생각하지만
어쩌면 우린
서로에게 완벽한 사람이길 바랐다.

처음에는 너에게
잘 맞는 사람이기 위해 노력했지만
나중에는 나에게도
좀 맞춰주길 바랐는지도 모른다.

혼자서 잘해주고
슬퍼하지 마

사랑이 아픈 이유는
혼자 설레서 사랑한다 말하고
내가 아닌 그 사람을 위해
시간과 정성을 쏟기 때문이다.

서운함에 울고 있는 나를
그 사람이 돌아봐줄 거라는 헛된 기대는
나를 더 무너뜨릴 뿐이다.
둘이 해야 사랑인데
그 안에 내가 없기 때문에 아픈 것이다.

혼자서 잘해주고
슬퍼하지 마라.
혼자 하는 사랑은 늘
혼자 아픔을 감당하게 된다.

나에게는 오래된
이별이었다

기다린다는 것.
누군가에게는
단 일분일초도
견딜 수 없는 일이지만
나에겐 너를 향한 간절함이었다.

기다림이 당연함이 되어가면서
너를 내려놓는 일도
제법 익숙해졌다.

그래서 긴 시간의 끝에서 난
툭툭 털고 일어날 수 있었다.

너에게는 급작스러웠겠지만
나에게는 오랜 기다림이었다.

나는 너를
사랑했던 걸까

언젠가 너를 사랑했던가.
잘 기억이 나질 않는다.

사랑했던 기억은
너라는 또 다른 너를 만나고
다시 너 아닌 다른 너를 만나면서
점점 무뎌졌다.

너 없이 살 수 없다고 말했던 적이 있었나.
너와 함께 영원을 꿈꾸던 날이 있었던가.

사랑을 말하는 것이 낯설다.
오랜 시간 사랑을 꿈꿔서였을까.
이젠 사랑이 마치 꿈만 같이 멀게 느껴진다.

꿈에서 막 깨어난 것처럼
조금 전까지도 생생했던 모습이
도무지 기억이 나질 않는다.

사랑을 잘하는 사람이 있는 게 아니라

오래도록 노력하는 사람이 있을 뿐이야.

이제 그만
놓아줘

착각하지 마.

그 사람을 선택하고
사랑해야겠다고 다짐한 건
내 스스로의 결정이지.
그 사람은 나에게
사랑해달라고
구걸하지 않았고
앞으로도 쭉 그럴 거야.

처음의 그 어떤 순간에
사랑이라고 느꼈든
지금의 그 사람을 온전히
사랑할 수 없다면
내게 맞추려고 하지 말고

놓아줘.

그게 서로의 앞날을 위해
더 현명한 선택일지 모르니까.

엉킨 실타래라고
하더라도

언제까지 집착과
마음의 끈을 부여잡고 살 거니.
이제는 늘어질 대로 늘어나
어디서부터 엉켰는지도 모르겠다.

얼마나 긴 시간 동안 이랬는지 모르겠어.
풀어낼 엄두조차 나지 않아.
정말 끝이 나지 않을 거란 두려움에
이젠 덜컥 겁부터 난다.

이대로 두면
끊어지지 않을 것 같아.
여기서 그만 잘라내련다.
이제 그만.

양쪽 다
반쪽이 된다

괜찮기 때문에 연락이 없는 걸까?
괜찮아지고 싶어서 연락이 없는 거야.

두 사람이 사랑했는데
어떻게 한 사람만 아프겠어.
다시 온전한 하나가 되기 위해
각자의 시간을 보내야 하는 거야.

괜찮지 않은
안부

잘 지내냐는 말에 머뭇거리다 응이라고 답했다.
너를 다시 마주치기 전까지만 해도 괜찮았는데
지금 이 순간 갑자기 괜찮지 않아졌다.

봄은
와

기다려도 오지 않을 사람을
기다리며 힘들어하는 너에게.
기다리지 말라고 하지 않을게.
돌아온다고 약속하고
웃으며 떠난 것도 아닌데.
바보처럼 그 자리에
머무르지 말라고 하지 않을게.
너도 이미 알고 있을 테니까.

단지 그렇게 남아 있는
마지막 미련까지 털어내야
다시 일어설 수 있으니까.
떠나간 사람은 돌아오지 않지만
기다리지 않아도 봄은 온다는 것을
너는 알고 있을 테니까.

사라지기 전에

사랑해줘요.

입장의
차이일 뿐

떠난 사람은 차갑고
남은 사람은 뜨겁나.

떠난 사람은 괜찮고
남은 사람만 아픈가.

떠난 사람은 나쁘고
남은 사람은 착한가.

떠난 사람은 웃고 있고
남은 사람만 울고 있나.

떠난 사람은 아무 생각이 없고
남은 사람만 그리워하는 건가.

떠난 사람은 불행해야 하고
남은 사람은 행복해야 하나.

영원히 누군가를 떠나지 않고
곁에 남을 수 있다고 생각하기 때문에
아닌 것을 아니라고 말하면서도
놓지 못하는 것이다.

누구든 떠나는 사람일 수 있고
누구든 남겨진 사람일 수 있다.

상대가 누구냐에 따라
달라지는 것뿐이다.

당신도
잠 못 들고 있진 않은지

내가 없는 너는
정말 괜찮은 건지 궁금했다.

여전히 밥은 목구멍으로 잘 넘어가고
아무 일 없었다는 듯이
사람들과 웃으며 이야기하는지.

나와 함께 걷던 집 앞 그 골목길을 걸으며
내 생각은 조금도 나지 않는지.
또 이런저런 생각에 잠 못 이루지는 않는지.

근데 말이야.
내가 널 이렇게 걱정할 정도로 난 괜찮지 않다.

가끔 널
그려보곤 해

사랑하려고 노력하지 않았다.
누군가 강요하지 않아도
누가 더 사랑하느냐 내기라도 하듯
서로에게 부지런히도 열심이었을 뿐이다.

그렇게 뜨겁게 타오른 우리 사랑엔
기쁨도 슬픔도 질투도 원망도 있었지만
그렇게 단지 '추억'이라는 단어로 남았다.

그리고 언제 사라질지 모르는 그리움으로
가끔 널 그려본다.
좋았던 기억들.
그래서 미안한 마음으로 남았다.

사랑했다.

추억은
끝까지 가

누군가를 정말 사랑했다면
그 시간이 얼마든 중요하지 않다.
함께한 시간보다 더 깊이 남아
살아가는 동안 함께할 테니까.

네가 오지 못하게
문을 닫았다

비가 내려
문을 닫았다.
네가 들어오지 못하게
문을 닫았다.

작은 내 방이
슬픔에 젖지 않도록
문을 닫았다.

그럴수록 너는
더욱 세차게
문을 두드렸다.

수많은 빗방울로
내 창에 몸을 부딪쳐

나를 깨웠다.

빗소리가 멈춘 후
이제 사라진 줄 알았던
너의 흔적들이
아직 아련히 남아
흐르고 있다.

그에게
아무 소식도 없는 이유

너를 만난다면
잘 지내냐고 묻고 싶었다.

아니 우연히 누군가를 통해서라도
잘 지낸다는 네 소식
꼭 한 번이라도 듣고 싶었던 적이 있었다.

그런데 문득
나는 정말 네 소식이 궁금한 걸까 궁금해졌다.
잘 지내든 잘 지내지 못하든 그 어떠한 소식이든
그게 지금 나랑 무슨 상관일까 싶었다.

그럼 거꾸로 난 너에게
지금의 내 소식을 뭐라고 전해야 할까 생각했다.
나는 잘 지내는 걸까 아니면 잘 지내지 못하는 걸까.

잘 지내지 못하지만 잘 지낸다고 말할 것 같다.
너에겐 지금의 내가 어떠하든 아무 상관없으니까.
우린 너무 오래 아무 상관없는 사람이 돼버렸으니까.

단지 같은 하늘 아래 어디선가 잘 살고 있기를.

보이지 않을 만큼 희미하게 얇아진 과거의 연으로
얇아져버린 그때의 감정으로 그렇게 생각할 뿐이다.

쓸데없다는 생각이 든다는 건
이제는 버릴 수 있다는 얘기다.
더 이상 잘 지내는지
궁금해하지 않기로 했다.

잘 지내니까
아무 소식도 들을 수 없는 것이다.
그걸로 됐다.

다시
겨울이 왔다

왔나 하면 가버리는 가을처럼
당신도 내게 그런 계절이었다.

가을이 슬픈 이유는
뜨거웠던 여름을 숨 가쁘게 빠져나와
나무들도 옷을 갈아입고 손을 흔들고

들판의 무르익은 벼들도
살랑살랑 춤을 추는데.

왔나 하면 가버리는 계절처럼
당신도 그렇게 가버렸기 때문이다.

사랑인가 했는데
다시 겨울이 오고 있음을.

아름다운 옷을 입고
손을 흔들며 환하게 웃으며
가을바람에 그렇게 실려 나갔다.

사랑인가 했는데
다시 차가운 겨울이다.

4장

지금은

나를 돌보는 시간

나에게
안부 묻기

남들이 좋아하는 것을 하고
남들이 예쁘다고 하는 옷을 입고
남들이 하는 말에 휘둘리지 않기.

언제나
내가 행복한 일을 하고
내가 좋아하는 옷을 입고
나와 끊임없이 대화하기.

오늘 하루는 어떻게 보냈는지
내가 즐거웠던 일은 무엇인지
또 잘한 일은 무엇인지
주의해야 할 일은 없었는지.
내게 안부를 묻고
나를 따뜻하게 안아주기.

사람들은
내가 어떻게 살아가든 관심이 없다.
단지 자기 기분에 맞춰
참견하기 좋아할 뿐이다.

돌아보니 나를 망친 건
나더라

보통 삶이 망가지는 이유 중에 하나는
내려놓지 못하는 데 있다.

그동안의 정성과 시간이 아까워
힘들고 어려운 고통의 시간을 보내면서도
멈추지 못하는 것이다.

분명히 일어서서 다른 길로 갈 수 있었지만
결국 도저히 일어설 수 없는 상황이 돼서야 끝이 난다.
알면서도 내려놓지 못했다는 후회만 남을 뿐이다.

아직 보이지 않는
것뿐이야

초등학교 2학년 가을 오후,
방에 혼자 엎드려
수학책을 보다가 결심했던 게
아직까지도 잊혀지지 않는다.

응, 난 못하겠어.
그날 난 수학을 포기하기로 했다.
그렇게 책을 덮은 후
단 한 번도 수학을 공부한 적이 없다.

그렇다고 국어를 좋아한 것도 아니다.
그 흔한 만화책이나 영화를 보는 것보다
혼자 음악을 듣고 하늘을 보며
생각에 잠기는 것을 무척이나 좋아했다.
못하는 것을 잘하려고 노력하거나

즐겁지 않은 일을 억지로 하며 살지 않았다.

그래서 가끔은 '내가 무엇을 잘할 수 있을까'가 아닌
'내가 할 줄 아는 게 뭐가 있을까'라는
고민에 빠지기도 했는데
스무 살을 넘어서는 막연한 미래가
곧 현실이 된다는 두려움이 공포로 다가왔다.
그리고 그런 무능력함에 대한 자각은
나를 조금은 열심히 살게 했을지도 모른다.

가끔 사람들은 나를 보며
대단하다고 박수 치기도 하지만
눈에 보이는 우아함의 아래에서
얼마나 요란하게 발길질을 하고 있는지는
보려고 들지 않는다.

보고 싶은 모습만 보고
생각하고 싶은 대로 생각하며
말하고 싶은 대로 말할 뿐이다.

그런데 글을 쓰려고 카페에 앉아 있다가
문득 그런 생각이 들었다.
참 먼 길을 돌아왔구나.

어릴 적 그렇게 그림을 그리고
글을 쓰면서 살고 싶다고 생각했는데.
의도하지 않았지만
난 지금 내가 하고 싶은 일을 하며 살고 있구나.
새삼 느껴지니 그동안의 고된 시간들이
조금은 위로가 되었다.

지금도 글을 쓰고 있지만
이 또한 영원하지 않을 수 있을 거라 생각한다.
하지만 단지 여기서 무너지지 않으려고
하루하루를 산다.

그러니 당신의 꿈꾸던 시간이
아직 보이지 않는다고 해서
그 끈을 완전히 놓아버리지 않기를 바란다.

지금 당장 잘할 수 있는 일이 없는 것 같다고 해서
조급해하거나, 실망하거나
자조하지 않기를.
무엇보다 스스로를 미워하지 않기를 바란다.

머릿속 가득찬 생각을
비우고 싶을 때

생각 없이 살면
적어도 마음은 편하지만
생각이 너무 많으면
앞으로 나아갈 수 없다.

쓸데없는 걱정들은
꼬리에 꼬리를 문다.
이미 머릿속에는
안 된다는 두려움으로 가득차 있는데
계속해서 고민해봐야 의미가 없다.

생각이 너무 많아질 때는
술이나 친구에 의존하지 말고
철저히 혼자가 돼라.

생각을 멈출 수 없다면
집 밖으로 나가
멀리까지 내다보고 걸으며
지칠 때까지 생각해라.
그리고 내일은 없다는 마음으로
충분히 잠을 자라.

반드시 밝은 내일이 올 테니까.

왜 겁이 없겠어요.

용기를 좀 더 낼 뿐입니다.

살면서 엄마가 들려준
몇 가지

세상에 열 가지 재주를 가진 사람이
끼니를 걱정하며 사는 법이다.
너무 많은 것에 재능이 있으면
사람들의 눈에는 대단한 사람처럼 보일지 몰라도
본인은 한 가지 일에 집중하지 못하고
이리저리 다니며 시간을 보내게 된다.
결국에는 남들보다 잘하는 것이 없어
밥을 굶게 된다.

많은 것을 하려고 하기보다
내가 좋아하는 일을
오래도록 하면서 살아라.
나머지는 취미로 하면 된다.

무기를 몸에 지니고 다니지 마라.

아무리 화가 나도 무기가 없으면
참고 넘어갈 수 있지만
무기를 지니면 그것을 사용하게 된다.

남들이 하는 기분 좋은 소리는 흘려들어라.
사람들은 내 기분을 맞춰 이용하기 위해
듣기 좋은 소리를 하기도 한다.
그 말에 우쭐할 필요도 없고
장단 맞춰 흔들리지 마라.
나를 가장 잘 아는 건 나 자신이다.

언제나 좋은 것만 보고
긍정의 말만 듣도록 노력해라.
사람은 어떤 것을 마음에 담느냐에 따라
세상을 다르게 보게 된다.
험한 말을 하는 사람과
기분 나쁜 뉴스들을 가까이하면
세상을 어둡게 보게 된다.

내가 좋아하는 사람만 좇지 말고
나를 사랑해주는 사람을 만나라.
만약 그런 사람을 만난다면
고맙고 귀하게 여겨라.

내가 어떻게 하느냐에 따라
그 사람도 달라질 수 있다는 것을
명심해라.

행복했던 그때로
가주세요

'행복했던 그때로 가주세요.'

과연 행복은 여기에 있지 않고
어느 한때에 머물러 있는 것인가 생각했다.

지금을 온전히 살아내지 못하면서
우리는 자꾸만
행복했던 그때로 가고 싶다고 말한다.

나중에 지금을 돌아봤을 때
벌써 과거가 된 이 순간은 행복했던 시간일까.

지금을 온전히 살지 않으면
행복했던 때로 영원히 돌아갈 수 없다.

그러니 지금 행복해야
그때로도 돌아갈 수 있다.

어디에 있는지도 모르는
과거의 행복을 찾지 말고
지금 행복하길 바란다.

바람이 들려주는
이야기

바람이 분다.

그동안의 슬픔 많은 날들이
바람에 실려 손을 흔든다.
잘 살아왔다고
괜찮다고 말한다.

그 시련들이 있었기에
지금 내가 여기 이렇게
살아 숨 쉬고 있는 거라고 말한다.

바람은 막는다고 해서
사라지는 게 아니기에
온몸으로 맞으라고 말한다.
그냥 내 길을 갈 수 있도록

가만히 내려놓으라고 말한다.

지금 그대로도 괜찮다고
보이지 않는 길을 따라 바람이 불 듯
내 삶도 보이지는 않지만
길을 잘 찾아가고 있다고 말한다.

보이지 않기 때문에
길은 어디에든 있는 거라고
너는 늘 그랬듯 잘해낼 거라고
그러니 스스로를 믿고 나아가라고.

바람이 말한다.

가득찬 게 아니라
제로의 상태

행복이란
밤에 자려고 누웠을 때
바로 잠들 수 있는 것이 아닌가 싶다.

내일 일에 대한 깊은 고민 때문도 아니고
누군가와의 관계에서 오는 복잡한 감정들로
들떠 있는 불안한 마음도 아닌 상태.

더 남았다고 생각할 것도 없고
밀졌다고 생각할 것도 아닌
그냥 제로의 상태.

편안하게 눈 감을 수 있는 밤.
그게 행복이 아닐까 싶다.

행복이 뭔지 모르고 사는 이유는

자꾸 두리번거리기 때문이다.

불안도
습관이야

숨 가쁘게 동선을 짜고 있었다.
분명 현실에서 잠시 벗어나
쉬고 싶어 온 여행일 텐데
우린 여행을 가서도 너무나도 부지런히
움직이고 있는지 모른다.

정해진 시간 내에 남들보다
더 많은 것을 해내야 한다는
압박감 같은 게 있는 게 아닐까 싶다.

허나 그게 뭐 잘못된 일인가.
나에게 주어진 한정된 시간을
열심히 살아내는 것.
그것 또한 얼마나 보람찬 일인가.

어떤 게 맞고 틀리고의 문제가 아니라
각자 삶을 대하는 태도의 문제일 것이다.

그런데 난 왜 불안한 걸까.
아무것도 하지 않는다는 게 말이다.

돌아보면
그리운 시절이 될 테니까

그리운 시절이 있다는 건
행복한 일이야.
다시는 돌아갈 수 없다는 걸 알기에
더 애틋하기도 하니까.

그러니 너무 그 시절에만
매몰되어 있지 말고
미래의 어느 시점에서 그리워질
오늘을 충분히 즐겨.

지금 그리워하는
그 시절이 잊혀지도록 말이야.

지금 당장
200% 행복해지는 법

다가오지 않은 시간에 대해 상상하지 않기.
지나간 일에 대해서 생각하지 않기.

그렇게 갖지 못한 것에 미련 두지 않고
오지 않을 것에 미리 겁먹지 않기.

항상 지금을 살 것.
곁에 있는 사람을 지킬 것.

한 걸음씩 내딛다 보면
알게 돼

막연한 꿈을 꾸기보다
오늘 하루에 감사할 수 있기를.
먼 곳을 바라보기보다
가까이 있는 것에 희망을 가질 수 있기를.
어디로 가야 하는지 고민하기보다
지금을 바라볼 수 있기를 바란다.

한 걸음씩 내딛다 보면
어디로 가고 있는지
어디로 가고 싶은지 알게 된다.

처음부터 너무 많은 것을 가지려 할 필요도 없고
너무 멀리 가려고 애쓰며 살지 않아도 된다.
내가 원하는 것들은 언제나
늘 나와 가까이에 있다.

그때는 그것이
최선이었을 뿐

지금의 상황에서 과거를 보면
참 어리석고 바보 같다는 생각이 든다.
하지만 그것은 현재에서의 관점일 뿐이다.
그때는 그것이 최선의 선택이었을 뿐이다.
그래서 후회는 미련스럽다.

스스로에게
시간을 줘

괜찮지 않은 건
괜찮지 않은 대로
아픈 건
그냥 아픈 대로 놓아둬.

힘들게 애쓴다고 해서
괜찮지 않은 게 괜찮아지지도
아픈 게 안 아파지지도 않아.
그냥 그대로 두어도
괜찮아질 건 괜찮아지고
나아질 건 나아지게 된다.

그래도 여전히
괜찮지 않고 아픈 건
어쩔 수 없는 거야.

242

때론 피하는 게
상책이야

세상이 너무 힘들어 보이는 건
내가 그런 것들만 보고 듣고 살기 때문이다.

기분이 좋아지는 사람들을 만나고
긍정적이고 밝은 소식만 보려고 노력해.
어떤 것들을 주변에 두느냐에 따라
세상을 다르게 보게 되는 거야.

나를 힘들게 하는 사람들과
마음 아프게 하는 말들.
나와 상관없는, 모르고 살아도 되는 것들에 대해
쓸데없는 감정을 쏟아내며 살지 않도록 해.

나에게 필요하지 않은 것들로부터
자유로워질 수 있도록

귀를 막고 눈을 감고 입을 닫아야
충분히 괜찮은 시간을,
더 행복한 나를 만날 수 있어.

내 멋대로
행복해지기

사랑으로
살 수 있는 사람도 있고
사랑보다는 하고 싶은 걸 하며
살아야 하는 사람도 있다.

누구도 바보 같다고
말할 수 없는 것이다.

각자의 삶에서
자기의 선택으로
자기가 만족할 수 있다면
행복은 멀리 있지 않다.

가까이할 사람과
멀어질 사람

긍정적인 말을 하는 사람과 가깝게 지내라.
나의 선택에 대해
"잘했어, 잘될 거야" 라고 말하는 사람은
시작할 수 있는 에너지를 주지만

"글쎄" 하며 의문을 던지고
"그거 어려울 텐데" 하고 팔짱을 끼고
"내가 아는 사람이 안 된다고 하더라" 하고
말하는 사람들은 나를 망설이게 만든다.

덜 가지더라도
자유로울 것

너무 많은 것을 가지려 하지 마.
가진 만큼 지켜야 할 게
많아지는 법이야.
그것들을 돌보고 책임질 수 없다면
차라리 없는 게 더 행복할 수도 있어.

가진 게 많다는 것은
잃을 것이 많다는 뜻이기도 하거든.
감당할 수 없는 것들을 지키려
애쓰며 사는 사람보다
잃을 게 없는 사람이
무엇을 하든 더 자유로운 법이야.

지나친 걱정은

지금을 의미 없이 지나치게 할 뿐이다.

모든 게 내 뜻대로
되지 않을 때

세상에 나 혼자 존재하는 것이 아닌데
어떻게 이 세상이 내 마음대로 살아지겠어.

내가 힘들다고 해서 세상을 탓할 이유가 없어.
그 누구도 나의 불행을 염원하며 살지 않으니까.

모두가 각자의 희로애락이 있어.
많은 사람들이 남을 미워하며 살기보다
나와 내 주변의 사람들이
웃으며 행복하게 살기를 희망하며 하루를 보내.

그러니 누구를 원망하는 데 시간을 보내지 말고
나에게 집중하며 살자.

뒤돌아보며
앞으로 갈 순 없어

과거를 자꾸 떠올리는 이유는
지금이 행복하지 않기 때문이다.
과거의 좋았던 날을 회상하며
나를 위로하거나
과거의 자기가 놓친 것들을
후회하며 안타까워한다.

과거를 돌아보는 것은
지금의 내가 더 나은 선택을 하기 위해
꼭 필요하기도 하다.
하지만 과거에 얽매여 지금을 살면
앞으로의 시간은 좋아지지 않는다.

지금 불행하다고
느낀다면

행복하다는 게 뭘까.
제자리에 있어야 할 것들이 언제나
그 자리를 지키고 있는 것.
그것만큼 행복한 일이 또 있을까?
사랑하는 사람과 가족들이
아무 일 없이 잘 살고 있는 것.
참으로 고마운 일일 것이다.

언제나 즐거운 일을 찾고
새롭고 좋아 보이는 것을 가지려 하지만
있을 때는 당연하다 생각되는 것들이
막상 잃고 나면 소중하다는 것을 깨닫는 것처럼
행복이 가까이 있음을 알지 못하고
찾으려 헤매기 때문에 힘든 것이다.

할 수 있는 일만
하기

해야 할 일들을 미루면서 시간을 보내면
불안함과 조급함이 몰려와
나중에는 그 일뿐만 아니라
아무것도 제대로 할 수 없게 되기도 한다.

해야 하는 일이 하기 싫거나 못하겠다면
미루지 말고 그만두는 게 낫다.
미루면 미룰수록 그 시간에 발목 잡혀
마음만 졸이며 시간을 보내게 된다.

하고 싶지 않은 일을 하려고 애쓰지 않아도 된다.
아무것도 하고 싶지 않거나, 할 수 없다면
아무것도 하지 않는 게 당장은 불안해도
할 수 있는 일만 하고 쉬면서
스스로의 마음을 들여다보는 게 낫다.

모든 건 또 다른 시작을 위한
과정일 뿐

그때로 돌아간다면
더 잘해줄 수 있을 거라는 생각이
부질없는 이유는
그때로 돌아간다 해도
너는 그때의 너이고
나도 그때의 나이기 때문에
변하지 않아 결과는 같다.

지금의 나는 지금의 나이고
지금의 너는 지금의 너이기 때문에
우리가 다시 시작한다 해도
변하는 건 없다.

그때의 우리를 기억하는
지금의 우리가

다시 시작할 수는 없다.
누군가는 기억도 못하는 상처가
또 다른 상처를 덧씌우기 때문이다.

지나간 일은 지나간 대로
아쉬운 일은 아쉬운 대로
또 다른 시작을 위한
하나의 과정이었을 뿐.
더 이상 과거에 얽매여
지금을 놓치지 않았으면 좋겠다.

기억은 기억 속에
추억은 추억으로 남겨두기를.
다시 살아갈 수 있도록
제발 그 시간에 놓아두기를.

하면 된다는
말

어린 시절 '하면 된다'는 문구를 볼 때면
'정말?' 하고 의심했다.
하면 된다니 그럼 안 될 일이 뭐가 있는가.
해도 안 되는 게 있지 않나 생각했다.

커서는 '되면 한다'는 얘기를 많이 들었다.
정말 그렇게 되기만 하면 하겠다고 말이다.
그런데 그 말은 시작부터 안 된다고 결론짓는 것이다.
해보지도 않고 할 생각도 없으면서
되면 한다니 이게 무슨 말도 안 되는 핑계인가.
결과가 좋다는 것을 시작도 하지 않은 상태에서
보증이라도 받고 싶다는 못된 심보다.

그런데 만약 결과가 좋다는 것을 알고 시작한다면
열심히 노력할 수 있을까?

어차피 결과는 잘된다고 정해져 있는데 말이다.

'하면 된다'가 아니라 '되면 한다'고 생각하기 때문에

해도 안 되는 결과가 나온다.

그리고는 그 잘못을 남 탓으로 돌리기가 쉽다.

일이 실패하거나 잘못됐을 때

우리는 바보가 되지 않기 위해 핑곗거리를 찾으니까.

반면 모든 일이 무조건 잘되는 게 아니기에

하면 된다는 보장이 없기 때문에

때로는 벼랑 끝에 선 마음으로 사력을 다하기도 한다.

오히려 불확실함에 대한 간절함이

그 일을 되게 만드는 것이다.

그래서 어떤 일을 시작할 때

남들이 된다고 하는 말을 믿고 시작하기보다

본인 스스로 충분히 검증해야 한다.

'하면 된다'고 나 스스로 판단해야

과정 속의 어려움도 잘 헤쳐 나갈 수 있고

실패하더라도 나중에 후회가 없다.

있을 때
잘해

사랑하는 소중한 사람과
지금을 함께해야 하는 이유는
우리에게 약속된 내일이 없기 때문이다.

언제나처럼 달이 지고 해가 뜰 거라
당연시하며 살지만
지금 이 순간 이후의 일은 아무도 알지 못한다.
단지 아무 일이 아직 일어나지 않았기 때문에
당신은 지금 숨을 쉬고 있는 것이다.

그러니 시간이 있을 때, 기회가 왔을 때
나 자신과 소중한 사람을 위해 행동하자.

가지지 못한 것을 갈망할 게 아니라

지금 가지고 있는 것에 감사할 것.

얻는 것보다 중요한 건
지키는 거야

살아가는 데 있어
더 가지는 것보다 중요한 것은
잃지 않는 것이며
더 나아가는 것보다 중요한 것은
멈추지 않는 것이다.

더 가지려고 멈추어 서서
망설이지 말고
멀리 가려고 나를 버려가며
고통 속에 살지 않기를.

언제나 나를 지키며
하루를 살아가기를.

망각이라는
선물

기억이 나지 않는 건
어쩌면 좋은 일이야.

잊혀지지 않는다면
어떤 것도 새롭게 시작할 수 없을지 몰라.

어른이 된다는 것

잘 살고 있는 걸까?
어떻게 어디로 가고 있는 걸까?
가끔씩 나 스스로에게 물었다.

뒤돌아보면 삶은 그리 만족스럽지 않았다.
후회가 남지만 후회할 시간보다는
그래서 지금 무엇을 어떻게 해야 하냐고
다그치며 살아왔다.

더 나은 미래가 있을 거라며
그렇게 숨차게 달려온 지금.
나는 어떤 모습으로 어디를 향해 가고 있는 걸까?
스스로에게 물으며 멈춰 섰다.

버틸 대로 버텨온 삶에서

이제 모든 것을 내려놓고 만세를 부르고 싶었다.
정말이지 도망치듯 떠나버리고 싶었다.
더 이상 앞이 보이지 않고
어디로 가야 할지 길을 잃은 것이다.

길을 잃은 어른은
길을 잃은 아이보다
더 무섭고 슬프다.

아이는 길을 잃었을 때 울 수도 있고
누군가는 그 아이를 돌봐주기도 하고
또 다른 누군가는 아이를 애타게 찾고 있겠지만

어른은 운다고 해서
그 누구도 나를 어떻게 해줄 수 없고
아무도 그 길을 알려줄 수 없기 때문이다.

어른이 길을 잃는다는 것은
인생을 잃어버린 것이나 다름없다.

길을 몰라 헤매고 있다면
내가 갈 길을 스스로 만들면 된다.
우왕좌왕하며 침잠하기보단

백지상태에서 새롭게 쓰는 게 낫다.

그래서 아무도 나를 아는 이 없는 곳에
나 자신을 데려다 놓고 싶었다.
모든 것을 내려놓고 다시 시작할 수 있도록.

물론 모든 것을 내려놓고
한 번도 경험해보지 않은 낯선 곳으로 떠난다는 건
생각보다 쉽지 않다.

하지만 생각이 길어지면 고민이 깊어지고
그 시간들이 나의 발목을 잡을 거라는 걸 알기에
무모하지만 단호하게
다 내던지고 갑작스럽게 비행기표를 끊어 떠났다.

잘할 수 있을 거야.
가보지 않고 망설이는 동안에도 똑같이 시간은 가고
가보고 아니면 다시 방향을 틀면 되니까.

어른이 된다는 건 나 자신을 책임질 줄 안다는 것.
그렇게 세상의 모든 어른아이들이
낯선 길 위를 여행 중인 것이다.

가정법은
의미가 없다

무엇을 했더라면 어떻게 되었을까.
그렇게 했더라면 더 나은 선택이지 않았을까.
어떻게 했더라면 하는 후회보다
지금 어떤 선택을 하고 어떻게 해야 하는지
그러면 어떤 미래가 다가올지를 생각하며 보내야 한다.

낙엽과
가을바람

낙엽이 가장 많이 떨어질 때 사람들은 산을 오른다.
하여 낙엽은 가을바람을 원망하지 않는다.
좋은 날, 좋은 순간을 함께할 수 있다면 그걸로 됐다.

일단 해보자는 마음이
더 중요해

너무 잘해야겠다는 생각으로 살면
항상 불안 속에서 외롭게 살게 된다.

무엇을 해도 실패하지 않으려 하고
모든 일은 완벽하게 끝나야 하며
사람들과의 관계에서도
실수하지 않으려 기를 쓰고
사소한 문제도 오랫동안 깊이 생각한다.

너무 완벽하게 살려고 하면
항상 자책하게 된다.
엄한 규칙을 세워
스스로를 가두며 살게 된다.

누구나 잘하고 싶어 한다.

하지만 그로 인해 예민해지면
내 곁에 남을 사람이 없다.

잘하는 것과
잘 사는 것은 다른 문제다.

진짜를
거르는 법

행복하지 않은 일을 하고
행복하지 않은 사람을 만나며
행복을 찾으려 한다.
행복은 찾는 게 아니라
내가 만들어가는 것이다.

남들이 뭐라 하든
내가 원하는 일을 하고
내가 좋아하는 사람들만 만나며 살아가기에도
벅찬 세상이다.
너무 많은 일을 하려 하지 말고
너무 많은 사람들을 곁에 두려 하지 마라.

나에게 집중하며 살아도
소중한 사람들은 언제나 내 곁을 떠나지 않는다.

일기일회

그 어떤 것으로도 보상받거나
되돌릴 수 없는 건 시간이야.
우리가 함께한 시간이 소중한 건
똑같은 시간이 두 번은 없기 때문이야.

let it be

흔들리지 않고
붙들고 지키는 것보다 중요한 건
흐름에 순응하여 변화하는 것이다.

지난 상처에 마음 쏟으며 시간을 보내거나
지난 영광에 얽매여 내려놓지 못하고
지금의 나를 제대로 바라보지 못한다면
이 시대를 온전히 살아갈 수 없다.

이 세상에 살고 있지만
저세상에 사는 것과 다르지 않다.

애쓰기보단
즐거워하기를

무언가를 열심히 하기 위해 노력하기보다
새로운 도전 거리를 만들고
그것을 가지고 노는 데 열중하며 시간을 보낸다.

그 사람도
완벽하진 않아

행복도 성공도
각자의 기준이 있는 것이다.

남을 바라보며
내가 갖지 못한 것을 갖고 싶다는
헛된 기대는 욕심일 뿐이다.

행복도 내 행복이 있는 것이고
성공도 내 성공이 있는 것이다.

남들이 말하는 행복과 성공의 기준에
마음 동요할 필요가 없다.

지금은
나를 돌보는 시간

더 가지지 못함에
욕심내지 않고
지금 가지고 있는 것을
잃지 않음에 감사하며
더 잘하지 못함에
스스로를 원망하지 않고
그동안의 노력들에 대한
수고를 인정해주며
오늘 하루를
소중하게 보낼 수 있기를.

더 가지지 못한 것에 대한 원통함에
더 잘하지 못한 것에 대한 자책감에
마음 쏟으며 시간 보내며 살지 않기.

275

좋은 사람에게만 좋은 사람이면 돼

초판 1쇄 발행 2020년 9월 1일 **초판 31쇄 발행** 2024년 11월 7일

지은이 김재식
펴낸이 최순영

출판1 본부장 한수미
라이프 팀장 곽지희
디자인 김준영

펴낸곳 ㈜위즈덤하우스 **출판등록** 2000년 5월 23일 제13-1071호
주소 서울특별시 마포구 양화로 19 합정오피스빌딩 17층
전화 02) 2179-5600 **홈페이지** www.wisdomhouse.co.kr

ⓒ 김재식, 2020

ISBN 979-11-90908-63-4 03810